AF402590

DU

NÉOGRAPHISME

ET DU

NÉOPÉDISME

PAR

PONCE NOLLET

AUTEUR D'UN PETIT DILEMME SUR UN GRAND PROBLÈME.

PARIS

A LA LIBRAIRIE NÉOGRAPHIQUE

—

1857

SAINT-DENIS. — TYPOGRAPHIE DE DROUARD.

« Les 16 caractères alphabétiques, qui tracent le passage du caractère composé au
» caractère simple, de l'hiéroglyphe égyptien à la lettre cursive du Samaritain, ont été
» inventés par un Hévéen, le divin frère d'Europe, fils d'Agénor, fondateur de la Kadmée,
» Officier de cuisine du Roi de Phénicie, et mari légitime de la douce et charmante Har-
» monie, musicienne du palais royal. »

(LA MYTHOLOGIE : — Version authentique des Poétographes.)

« . . . . Qui donc perfectionnera l'invention défectueuse et surannée du monde
ancien ? . . . . »

(AGÉNORIE : — Fondatrice du monde moderne.)

« Que doit être l'Académie française? Une assemblée de quarante écrivains chargée de
fixer et de polir la langue. Il ne faut pas entendre par là seulement éplucher des adverbes,
écosser des adjectifs, hacher des particules et vanner des conjonctions : il faut entendre
tout le bien que pourrait faire une critique à la fois saine, sévère et libérale. — Qu'est-ce
que l'Académie aujourd'hui ? Que fait-elle? A quoi sert-elle? — Supprimer l'Académie !....
ce serait rétablir cette coutume ancienne et farouche de pendre les suicidés..... »

(Alphonse KARR : — Bourdonnements.)

« Science qui vient des livres : eau de citerne ; science qui provient de l'expérience et
de la raison : eau vive et de source. »

(Ant. PEREZ.)

PRODROME

Great-Britain, 1er Avril.

ORNAN JARED !...., s'exclamerait un prophète d'Israël, si Israël avait encore des prophètes ; mais, entre Breton et
Gaulois, ne parlons point hébreu, sil vous plaît : ce serait parodier l'académisme couronné du savant diplômé ès
science officielle ou le pédantisme classique de l'universitarien, du collégien ; et puis, ce serait contraire à l'esprit de
l'Evangile, qui nous fait un devoir de l'intelligibilité naturelle en nous disant que cinq paroles en une langue connue
valent infiniment plus que dix mille en une langue inconnue, n'en déplaise au Concile de Trente, qui anathématise
charitablement quiconque ose soutenir cette vérité vulgaire du bon sens. Donc, vous connaissez l'exégèse herméneu-
tique de la parole mystique. — « Mon royaume tout de justice sera de ce monde quand ce monde deviendra nouveau. »
— Oui, le caractère essentiel de la synthèse morale de l'Evangile est de réunir sous la même règle le Juif et le Gentil,
le Chinois et le Français, le barbare et le civilisé : comme le caractère économique de la synthèse intellectuelle de
l'industrie est de réunir la grande commune humaine par la pensée universelle d'un intérêt commun mieux compris ;
oui, la civilisation industrielle, pionnière de la civilisation évangélique, doit préalablement préparer la voie matérielle
au grand œuvre spirituel, selon la logique des choses plus puissante que la volonté des hommes. Je vous le dis,
mais en vérité; je vous le dis et vous l'écris de l'Angleterre, de cette puissance industrielle par excellence qui peuple
les déserts et qui, avec ses machines de maîtrisation terrestre, s'est créé une population de travailleurs dix-sept fois
plus considérable que celle que la nature lui avait donnée.....; notez ce fait expérimental ; il est du plus haut ensei-

1

gnement économique ; il explique le POURQUOI de la confusion babélique, qui résultait du défaut absolu d'industrie dans le monde ancien du rabbinisme pastoral. En effet, l'homme ancien s'était fait pâtre, éleveur et gardeur de bêtes de somme, et il se vêtissait de la dépouille brute des brutes et vivait de leur vie ; l'homme moderne comprend sa dignité : il veut être et sera le roi de la création ; heureux seraient les ROIS de ce ROI !... Mais, dans le monde industriel, où la télégraphie électrique supprime la distance terrestre en attendant qu'elle supprime bientôt la distance aérienne, dans notre monde civilisé, de quoi peut-elle donc résulter encore, cette confusion babélique du dernier âge de l'ignorance humaine ? Il ne nous est pas donné de dire et moins encore de prédire ce que la science, qui succède enfin à l'obscurantisme, ce que la science expérimentale fera et de l'homme et de la terre dans la consommation économique du grand œuvre de l'harmonie universelle ; mais nous avons la formule générale du but final auquel elle tend à faire viser l'activité humaine. Or, ce but suppose un moyen, et ce moyen naturel n'est autre qu'une LANGUE NÉCESSAIRE.

Je vous l'ai dit, l'*uniformité des poids, mesures et signes d'échanges* est un pas de géant vers l'adoption universelle de cette langue unique, de cette *langue nécessaire ;* et l'œuvre scientifique de la COSMOGLOSSE semblait être l'objet essentiel de la mission originelle des académies européennes. Il paraît que leur science oiseuse ne se soucie guère de l'avenir de l'industrie et du commerce, puisqu'elle veut toujours la fin sans les moyens ; aussi, leur incurie traditionnelle en est-elle venue à ce point que le besoin de l'époque nécessite des CONGRÈS spéciaux. Je suis donc heureux de pouvoir constater ici que le Congrès de Linguistique de Singapor se préoccupe sérieusement de l'œuvre pratique d'un alphabet complet de la Langue Nécessaire, alors que l'Académie richelienne, après deux siècles de sa fondation, en est encore à s'évertuer stérilement à la recherche de l'origine fabuleuse du gothique, suranné et défectueux alphabet plus ou moins phénicien, qui gouverne toujours les idiomes européens comme la loi du vainqueur gouverne la vaincu..... Il serait à souhaiter que la *Société de Linguistique de Paris* publiât au plus tôt sa REVUE projetée, afin de pouvoir collaborer avec le Congrès de Singapor, dont les travaux, du reste, vous seront connus par le volume annuel de 1857 de la *Revue britannique de l'Industrie orientale* (partie des Congrès de Linguistique, chapitre de la Langue Nécessaire). Mais n'en continuez pas moins toujours à me renseigner sur les documents les plus dignes de l'esprit français moderne ; car, je vous le répète, il n'y a que l'Angleterre et la France qui puissent à juste titre prendre l'initiative universelle dans l'œuvre économique de la cosmocratisation.

Dear sir, have that kindness.

Ce que 1 est à 3, je vous le suis,

LEUMAS RETSIL,
Fondateur du Congrès de Singapor.

Pour ampliation :

NIDRAJUD-SRELLIVIDRAH'd, Président-Né.

NOLUOC-UAENIP, Secrétaire sempiternel.

Ratifié à la Tour-d'On de **T-D-A**  par moi partisan du *Moi* (1) :

EL-NÉO-ÈON,
Khalifah du Masihh à Smiehr.

Diablezot...... *I consent to it !*..... **VIDIMUS**.

AGÈNORIE   A ÷ Ω

Oui, ÷ *Nébusçazban*....... Vraiment !....; je serais curieux de savoir ce qu'en pensent les disciples du maître de M. Jourdain, de ce fameux panglosseur diplômé qui baragouinait les langues mortes à peu près comme le Taïtien baragouine le français ou le Français le taïtien. *Dixi !*...

---

(1) Nous attendrons l'assentiment de Leumas Retsil, esquire, avant de publier la monographie de cette ville nouvelle, qui, du reste, ressemble à toutes les villes, avec cette différence pourtant qu'elle ne se compose que d'un seul et unique Palais, divisé en quartiers, sections, boulevards et rues splendides appropriés à la splendeur générale de ses quatre millions d'habitants. Chez nous, les palais sont dans la ville ; au pays de T-D-A, les villes sont dans un Palais ; c'est que chez nous tout est petit avec de grands moyens, et qu'à T-D-A tout y est grand avec de petites ressources. Et cette grandeur générale s'y acquiert au moyen facultatif de la plus petite chose du monde : LE DÉCIME UNIVERSEL, ce levier d'or de la cosmocratisation économique. Mais n'anticipons pas ; car, à vrai dire, les plans levés de cette Jérusalem du Travail sont encore à l'état d'idée à néant dans l'esprit pratique du grand architecte à naître en l'an deux mil et plus.....

Esquire,

Votre lettre me vient à point pour déterminer un désappointé....; c'est qu'à son reçu, je rentrais d'une visite officieuse à l'Académie dans le désir bien naïf d'avoir avec la grande dame une confabulation touchant la *Langue Nécessaire ;* voici le mot de réponse laconique qu'elle daigna me faire remettre par l'un de ses sigisbées dans la grande salle d'attente perpétuelle du progrès : — « *Voyez mon mari ; je ne me mêle pas des affaires du ménage.* » Ce mari, marri et divorcé, se nomme, je crois, INSTITUT DE L'INDUSTRIE ; il doit être ou sera le père putatif du futur *Congrès de Linguistique* en Chine. Vous le voyez, l'industrie n'a rien à attendre des Académies *éméritées.* Nous sommes donc ici dans l'attente de ce prochain Congrès, et je ne puis mieux passer le temps qu'à le tuer en vous envoyant le projet d'un GRAMMATAIRE de ma façon, que je me permets d'essayer d'appliquer et à l'idiome anglais et à l'idiome français, histoire simplement de pousser à servir l'intérêt économique de la civilisation industrielle, que la science de contrebande se voit forcée d'impulser au défaut de la science officielle, de cette science de bon aloi diplômée avec garantie pécuniaire. Si donc, *Esquire*, mon GRAMMATAIRE vous semblait, par aventure, mériter quelque peu l'attention richement bienveillante du Congrès de Singapor, vous m'obligeriez en m'en transmettant tôt l'hypercritique pour que j'en fasse vite mon profit. De plus, je fais suivre ce grammataire d'un RUDIMENT de la *Langue Nécessaire,* que le progrès moderne doit à un esprit français des plus pratiques du XVIIIe siècle complétement ignoré du XIXe, comme de coutume et de raison, dans le beau pays de France, où les idées d'utilité générale naissent d'elles-mêmes comme par enchantement pour s'anéantir soudainement au souffle glacial de l'indifférence ; c'est vous dire que le *non* illustre auteur de ce remarquable *Rudiment* ne fut rien non plus, rien, trois fois rien, pas même académicien. Que dis-je !... erreur : il était Trésorier de France...; et c'est peut-être à cette fonction chrématonomique qu'il dut de comprendre le besoin universel de l'activité humaine.

Ce que 3 sont à 1, j'ai l'honneur de vous l'être aussi.

COPEN LENTOL,

Admirateur-perpétuel de l'Académie, bachelier ès-ci, licencié ès-ça, docteur
ès-tout, professeur-juré de Monoglossologie classique au collége *Archæohébraïco-*
grécoromanonéobabélique des panglosseurs universitariens diplômés, membre
d'une fouletitude de sociétés savantes, etc., etc., etc., (VIVE LA RÉCLAME !! !...).

Tnias-Sined, 13 *Jiar :* — Je dis 13me jour lunaire de Jiar ou Zif du Vadar ou second Adar ; peut-être dirait-on plus intelligiblement *avril,* mais ce serait beaucoup moins savant...... Vous vous rappelez sans doute la verve si gauloise de l'aristarque de la Gascoigne : — « *J'aymerais mieux que mon fils apprint à parler aux Tavernes qu'aux Escholes de la parlerie.* » — Ce *j'aymerais mieux* me remémore assez celui de l'Evangile à l'endroit de vos *cinq paroles* au lieu de dix mille...

C. L.

Vu et approuvé :
POPULO, dit *Jacques Bonhomme.*

Pour ampliation :

Le Raseur-Saigneur de Séville,
FIGARO,
Grand Ardélion de Populo, à Criticopolis.

Post-scriptum. — Vous remarquerez, non sans plaisir, que le *Rudiment* de FAIGUET n'est point d'un philhellène.

« Amoureux de la langue et du pays d'Homère
» Qui, fondant sur le grec sa gloire et ses succès,
» Se dédommage ainsi d'être un sot en français. »

ni même d'un philoromain

« Amoureux de la langue et du pays de *Cicéron*
» Qui, fondant sur le *latin* sa gloire et ses succès,
» Se dédommage ainsi d'être un sot en français. »

Je laisse à Populo de vous exprimer lui-même sa reconnaissance publique pour le bienfait universel de l'initiative du Congrès de Singapor. Cette mémorable initiative appartenait par droit de mission *salariée* à l'Académie, mais les affaires interminables des Grecs et des Romains l'absorbent à ce point qu'elle ne peut songer une minute à l'industrie moderne ; et puis, de sa part, ce serait vraiment déroger à l'usage traditionnel d'une classique civilisation négative. Essayons donc de faire ce qu'elle devrait, si....

I

GRAMMATOLOGIE [1].

Citons, en passant, une autorité en cette matière, puisque la raison et le sens commun ont encore besoin d'appui dans le meilleur des mondes. Par une méthode de simplification des langues orientales d'après ce principe que les différents signes du langage doivent représenter les différents sons de la parole, Volney avait conçu le projet d'un ALPHABET UNIVERSEL au moyen de l'addition complémentaire d'un petit nombre de signes indispensables à l'*Alphabet romain* pour pouvoir lui assujettir les langues de l'Asie comme le lui sont celles de l'Europe et des deux Amériques ; certes, c'était là faire du neuf avec du vieux, mais enfin c'était faire quelque chose, et on ne s'explique pas que la philologie européenne n'ait point encore songé à réaliser cette idée pratique. Sans vouloir rappeler ici le nom des auteurs de tous nos systèmes glossographiques depuis nos vieilles Tachygraphies jusqu'à la Tacholographie de MM. Boisduval et Lecoq, nous ne pouvons passer sous silence celui d'un aristarque philologue contemporain des plus compétents en matière de linguistique, Charles Nodier, qui rattachait au plan de l'archéologue l'exécution de l'ALPHABET UNIVERSEL et de la LANGUE CARACTÉRISTIQUE de Leibnitz.

« Ami sincère et souvent contempteur des travaux lexicologiques, dit quelque part Charles Nodier, je n'ai jamais loué aucun Dictionnaire, parce que je n'ai pas encore conçu la possibilité d'en faire un bon avec trois mauvais éléments dont tous nos dictionnaires se composent, savoir : un mauvais *alphabet*, une mauvaise *orthographie*, une mauvaise *langue*. Pour que l'orthographie pût devenir l'image parfaite de la prononciation, il faudrait que tous les signes de la parole fussent représentés par un signe correspondant de l'ÉCRITURE, et c'est ce qui n'est arrivé en aucune langue. S'il en est quelques-unes qui, jusqu'à certain point, offrent cette heureuse appropriation du signe graphique au signe vocal, ce n'est pas la *langue française*, dans laquelle Honorat Rambaud comptait déjà en 1578, *quarante-trois* éléments de prononciation contre *vingt-trois* éléments d'écriture. Encore faut-il rabattre de ceux-ci les signes composés : comme l'X, les signes doubles : comme l'Y ou le K, les signes équivoqués : comme le C sifflant qui est un S, et l'S doux qui est un Z, les signes nuls : comme l'H, hiéroglyphe insignifiant d'une valeur inconnue. Il s'en faut donc des *deux tiers* que la langue française, dans son orthographie, ait la monnaie de sa prononciation ; et l'idée de figurer une *cinquantaine de sons* par une *quinzaine de signes* est une des plus absurdes qui soient jamais entrées dans une tête d'homme : c'est ne savoir ni ce que c'est que l'orthographie et la prononciation, ni ce que sont les voix de la parole, ni les signes graphiques. Depuis qu'on invente tant de belles choses dont la plupart ont déjà été inventées et réinventées, comment n'a-t-on pas encore inventé un instrument qui laisserait fort en arrière toutes les découvertes de tous les siècles, sans en excepter l'imprimerie : une PHONOPÉE DE LA VOIX HUMAINE (voilà déjà son nom), qui rendrait, sous les 75 ou 80 touches de son merveilleux clavier, toutes les vocalités simples ou consonnantes, et qui pourrait, selon le goût et l'érudition de l'artiste philologue, les soumettre à toutes les variations de leur Mélopée ?.......; ce *Novum organum* aurait plus de portée que celui de Bacon. Tant que ceci ne sera point fait, il ne faut pas penser à expliquer la prononciation par des signes. »

Dans cette critique de main de maître que nous avons cru devoir rappeler de préférence à toute autre, Charles Nodier omet de parler des lettres QUIESCENTES de notre orthographie qui font naître la confusion dans les idées en jetant le doute dans l'esprit, et que la graphie classique devrait supprimer à l'exemple de la SOCIÉTÉ DE LINGUISTIQUE, sans égard aucun à la raison étymologique, qui, en dernière analyse, n'est que la *raison primitive* de l'ignorance humaine : comme le prouve la définition préconçue de presque tous nos termes scientifiques ; mais Charles Nodier, toujours par le fait traditionnel des études classiques, possédait aussi la bosse académienne de la *néo-archéologie*, de cette science hermaphrodite si forte sur l'art de moderniser l'antique en archaïsant le moderne. Quoi qu'il en soit de cette omission touchant les lettres quiescentes de notre orthographie des plus bizarres, elle n'ôte rien au mérite remarquable de la critique de Charles Nodier ; elle la rend *incomplète*, voilà tout. Quant à l'idée de sa PHONOPÉE, c'est bien là le génie de la théorie qui appelle naturellement celui de la pratique. Vienne donc l'artiste immortel qui fit parler des automates !..., et qu'il donne à notre langue l'âme qui lui manque ; alors, mais seulement alors, on pourra poser le problème d'une COSMOGLOSSE avec plus de chance d'une solution affirmative. Peut-être l'artiste créateur si désiré est-il à l'école de M. de Lorenzi, dont l'instrument phonochromique a démontré, au double point de vue mécanique et esthétique, ce qu'on doit attendre du principe de son œuvre d'après la dernière exhibition à l'Exposi-

---

[1] Nous désignons par ce mot la science qui traite du caractère alphabétique, science nouvelle qui demandait une dénomination nouvelle tirée d'ailleurs que d'une langue morte ; mais l'usage classique n'est point un petit tyran chez la grande science diplômée.

tion universelle ; mais, en attendant que se révèle le Vaucanson moderne, essayons toujours de procéder d'après les données actuelles au perfectionnement de la langue par un Grammataire raisonné plus complet que notre vieil alphabet d'emprunt, qui nous vient des moines allemands du iv' siècle, et que les Italiens modifièrent ensuite sous la rubrique de Romain dans la forme gothique ou angulaire de ses lettres à la fois et insuffisantes et superflues.

Un alphabet *unique*, qui tirerait sa raison d'être du rétablissement de l'unité de langage sur la terre, s'expliquerait naturellement par la nécessité universelle, principe essentiel d'ordre humain. Quelle est donc la raison d'être du *contraire* ? Quelle nécessité peut-il y avoir à parler des langues diverses pour des peuples qui n'ont rien de différent individuellement, puisque l'homme partout est doué des mêmes organes et jouit des mêmes facultés ? La diversité des langues, au dire de la science officielle, s'explique par la diversité d'influence des climats, et, comme fait probant de l'allégation traditionnelle, la susdite science prétend que l'Arabe ne peut prononcer notre lettre alphabétique U, le Chinois notre R, le... etc., etc. Le docteur Pangloss se contenterait de cet argument à *pétition de principe*, qui ne prouve rien, absolument rien, si ce n'est que le Créateur, qui aurait voulu la fin sans les moyens, se serait trompé dans ses prévisions en oubliant de compter avec les climats divers, les températures infinies ; et que l'homme civilisé, en fait de verbe humain, serait un être dégénéré, déchu, un être devenu inférieur au sansonnet, au perroquet, aux oisillons parleurs ou jaseurs. Une nouvelle méthode scientifique aurait donc tout d'abord à démontrer l'absurdité de ce préjugé classique de la science officielle et à le détruire par un simple raisonnement d'analogie sous forme oratoire de prolepse : car si *le maître l'a dit*, le bon sens et la raison doivent le *dédire*, dans l'intérêt de la vérité scientifique ; à science, science et demie. Puis, la méthode rationnelle, entrant en matière, aurait à rappeler succinctement que la nature n'a pu donner une seule et même raison à tous les hommes blancs et noirs qu'en leur donnant les mêmes organes de sensibilité ; que s'il se trouve en une langue quelconque quelque agrément fondé en la nature, il doit se trouver de même dans celle de tous les peuples civilisés au même degré ; et que ce principe de linguistique détermine naturellement le point de sensibilité qui doit être pour tous ces peuples la mesure ou la règle de l'harmonie par rapport à leur langue commune. Puis, remontant toujours au principe du langage et prenant un exemple dans le fait de notre nation, la méthode scientifique constaterait que notre gothique et suranné alphabet d'emprunt ne compte que *vingt-trois* lettres, qui se réduisent à 22, puisque le K revient souvent au C ou au Q, et qu'on l'emploie rarement ; que de ces 22 lettres, les unes expriment un son simple, les autres un composé ou figuré ; que les voyelles ne sont qu'au nombre de 5 figurées seulement par 17 consonnes, par exemple, comme B, qui figure le son de la voix E en recevant d'elle seule le son qu'il exprime, puisque par lui-même il n'est autre qu'un mouvement labial. Qu'outre ces 5 voyelles, appelées latines par quelques grammairiens, la langue française en admet 5 autres, savoir : AU, EU, OU, É, E, qui sont autant de voix simples indécomposables dans la prolation française ; qu'à celles-là s'ajoutent encore quatre autres signes naturels de la parole comme autant de voix sourdes ou nasales, savoir : AN, IN, ON, UN, qui soutiennent la même épreuve du chant sans se décomposer. Que dans les voix, il est essentiel de distinguer et le son et la durée du son, plus ou moins fort, plus ou moins faible, selon l'ordre gammique de la prolation ; qu'ainsi la prolation française a des E et des O de plusieurs sortes : les uns plus développés et les autres moins, par conséquent, les uns plus ou moins sonores que les autres. Qu'en principe la durée de la voix se mesure d'après le temps de son émission, et que ce temps d'émission varie nécessairement dans tous les idiomes, puisque tous comptent des sons qui demandent plus de temps que d'autres : comme les voix longues en demandent plus que les brèves ; et que cette longueur et cette brièveté s'estiment par comparaison comme toutes les appréciations de l'esprit humain. Quant aux consonnes, qu'elles sont aussi nécessairement de plusieurs espèces, puisque nous en avons de légères qui se prononcent plus aisément et qui semblent voler : comme L, M, N, R, que les Grecs appelaient semi-voyelles ; que d'autres sont plus fermes, plus fortes : comme P, T, F, G, C ; que d'autres enfin sont médiales dans l'ordre gammique comme plus ou moins adoucies, savoir : B, D, V, J, et que l'S sifflant a en sous-ordre le C doux et le Z. Voilà comme la méthode rationnelle devrait tout d'abord analyser les éléments communs à tous les langues ; éléments, disons-nous, parce que l'analyse a démontré que toutes les langues viennent de là et qu'elles s'y réduisent comme leurs parties primitives ; communs, disons-nous encore, parce que ces éléments sont ceux de la nature même, parce que le Chinois prononce D et B aussi bien que le Français. Ainsi donc, l'analyse démontre que la nature ne s'est point contentée de donner aux hommes les premiers éléments du langage ; qu'elle a voulu encore leur en donner à tous les premières combinaisons comme pour les mettre sur la voie et les inviter à former des mots au moyen des diphthongues ou combinaisons de voyelles seulement : *Ai, Ei, Oi, Ieu, Oue*, etc., qui sont à peu près les mêmes chez toutes les nations, à quelques modifications près, que l'organe y ajoute quelquefois comme un agrément de mode ou de fantaisie caractéristique ; que la nature leur a donné également les syllabes, ou combinaisons de voyelles et de consonnes, dont de simples, comme *Be, Bu, Bo, Ba*, etc., et de moins simples comme *Bun, Bre*, etc. ; qu'ainsi viennent de la nature seule les sons élémentaires et les combinaisons primordiales du langage comme une source commune d'où les peuples ont dérivé tous leurs signes d'idées, qu'ils ont figurés au gré de certains systèmes que l'usage, l'habitude, l'exemple, le besoin, l'art, l'imagination, les occasions et le hasard ont introduits chez eux. Et que c'est en observant tous ces premiers principes naturels du verbe que de sept notes primitives les musiciens sont parvenus non-seulement à composer différents airs, mais différents genres et même différentes espèces de musique, parce que leur observation analytique du procédé de la nature dans la formation et la combinaison des sons de la voix leur a fait remarquer que, — 1° plus ils approchent de la simplicité des éléments caractéristiques, plus ils sont doux et faciles à prononcer, — 2° plus ils sont longs, plus ils sont faibles et harmonieux, — 3° plus ils sont développés, plus ils sont sonores, et, par la raison contraire, plus ils sont composés, brefs ou serrés, plus ils sont durs, secs ou sourds. Et toutes ces observations préliminaires une fois faites aussi sur la théorie naturelle des éléments et de leurs caractères particuliers, la méthode scientifique, ou mieux la méthode rationnelle, poserait alors dans ses véritables termes le problème d'une *sémagraphie* ou science des SIGNES ARTIFICIELS nécessaires à la représentation harmonique et de ces éléments naturels du verbe humain et de leurs caractères distinctifs. C'est dire que la méthode aurait à reviser d'abord tous les systèmes arbitraires usités pour en conclure à un système universel, qui rendrait l'art de la parole semblable à la nature, son modèle par excellence, dont il serait la reproduction ou la forme artificielle avec des règles aussi invariables que les lois de la nature. Ainsi, procédant toujours avec ordre, et même à l'exemple de l'avocat Petit-Jean, la critique préalable de la nouvelle méthode remonterait jusqu'à l'enseignement traditionnel de la philologie primitive du langage préadamite pour en apprécier la formule graphique d'après le *fac-simile* des tablettes argilées de la bibliothèque d'Alexandrie ; puis, arrivant successivement à une époque infiniment moins reculée, elle comparerait cette méthode primitive avec celle du précieux *adamana* triglossarique ou triglossique oriental retrouvé dans la kabah du safi ; puis......

Savant diplômé, ah! passons au déluge.....

Au déluge, soit !.... mais auquel, au premier, ou au dernier ?... Car je vois, d'un côté, que la Mer *refait* son lit tous les vingt-cinq mille ans de douze mois, comme pour ne pas imprimer la même forme à sa couche ; et, d'un autre côté, je lis dans les annales géologiques écrites de la main du Temps dans le fin fond des entrailles de la Terre, que notre joli petit globe tourne et roule avec ou sans encombre depuis tantôt six ou sept millions de millions d'années. Mais, permettez, ne tournons point si longtemps, et faisons une petite halte sur les montagnes du Kurdestan, d'où le célèbre pilote No et sa ménagerie ambulante aperçurent non sans joie cette colombe au bec verdoyant, qui venait comme pour leur roucouler ce cri consolateur : *Terre! Terre!*..... Or, puisque *terre* rime si bien avec *taire*, nous nous taisons sur la philologie muette de cette grande époque de noyade universelle ; seulement, et comme pour y rafraîchir en passant notre faible mémoire, nous observerons que la critique préalable de la méthode en question n'aurait plus ici grand'peine à constater le rétablissement de l'*unité de langage sur la terre* par le concours actif de la Mer, au dire de la biographie véridique de feu No, d'aquatique et d'œnosique mémoire. Puis, la critique dirait comment cette nouvelle unité de langage s'est encore rompue par le fait de la multiplication naturelle et de la dispersion prétendue du genre humain ; puis, comment s'est propagé l'usage de ces industrieux QUIPOS renouvelés par le galant Sélam, et si exaltés par la civilisation antédiluvienne, comme devant mériter de la postérité reconnaissante le sceptre créateur de la science officielle des signes artificiels ; puis, des RUNES septentrionales, ces gothiques vestiges de l'écriture pélasgique échappés au *déluge grec* et à l'invasion Cadmusienne, Cécropsienne, Linusienne, ou tout autre invasion en *Ienne* ; puis, comment le grand' et divin Tau eut si tard l'idée classique de cette écriture sacrée et sanctifiée par une ignorance vulgaire moins ancienne, et qui reproduisait l'image des choses ; puis, ce que sont les clefs représentatives ou caractères chinois, qui assignent une marque distincte à chaque idée comme pour abréger l'expression hiéroglyphique et permettre à divers peuples de lire les mêmes livres malgré la différence de leurs langages ; puis, si l'art graphique doit un autre progrès à l'usage de traits syllabiques comme les caractères siamois ; puis, ce qu'on doit penser des lettres organiques ou caractères européens, dont la défectuosité ne nous permet guère de démêler les idées confuses dans nos sensations, et dont l'insuffisance originelle semble se refuser à tout perfectionnement complémentaire, comme pour laisser éternellement la pensée en deuil de son silence, réduite qu'elle est à voir tomber à néant ses admirables productions faute d'harmonie entre les moyens naturels et artificiels de communication universelle. Et, appréciant ainsi à leur juste valeur intellectuelle les trois formules d'écriture FIGURÉE, SYMBOLIQUE et LITTÉRALE, la méthode scientifique n'y trouverait aucune idée rationnelle grande et mémorable, mais des conceptions isolées, forcées, arbitraires, ignorantes et assez dignes des divins inventeurs apocryphes du progrès intellectuel de l'antiquité barbare, que toujours on nous cite comme exemple classique.... On voit que la nouvelle méthode n'aurait point à s'inspirer de toutes ces idées babéliques du passé et du présent ; encore moins devrait-elle combiner en un système éclectique les diverses formules d'écriture usitées, puisque toutes, insuffisantes dans leurs mille et mille points de comparaison philologique, demandent à être révisées et modifiées complétement comme autant d'essais, de tâtonnements instinctifs de l'esprit humain vers la méthode scientifique d'une FORMULE UNIVERSELLE de la pensée moderne en quête de sa sphère supérieure d'unification. Quels seront donc les signes nécessaires, indispensables, les signes artificiels du langage universel de la cosmocratisation de la grande commune humaine ?

Modifier notre convention fondamentale de manière à produire un système sémagraphique ou alphabétique complet de la langue, le problème ainsi posé se réduirait aux proportions d'une question fort simple, puisque alors il ne s'agirait plus que de noter la valeur positive des signes naturels de la prolation française par 23 signes artificiels de voyelles et 23 de consonnes. Le problème gît donc ailleurs ; il porte effectivement tout entier sur la conception rationnelle de la forme de ces 46 signes artificiels. Qu'elle sera cette forme? Sera-t-on exclusif en optant pour une plutôt que pour une autre? ou bien, sera-t-on indifférent en adoptant telle ou telle forme venue? Cette manière de procéder accuserait un défaut de méthode rationnelle ; et, sans méthode, on n'obtiendrait jamais qu'une forme *innomée*, comme celle de nos vieilles tachygraphies, une forme sans raison d'être et aussi insignifiante et puérile que celle de notre gothique alphabet d'emprunt, dont les lettres, jadis modifiées et remodifiées dans leurs figures primitives par le besoin d'un usage plus plus étendu, ne sauraient même encore expliquer leurs figures modernes si disgracieuses, si biscornues, si rétivés aux mouvements naturels de la main ; sans méthode, disons-nous, on serait réduit, en dernière analyse, à s'arrêter à une forme cursive QUELCONQUE des plus simples de toutes celles imaginables que préalablement on aurait dû laborieusement passer en revue. Mais encore, dans cette hypothèse d'une forme des plus simples ainsi donnée au hasard, comment l'expliquerait-on ? Prenons garde ! car il y a impossibilité matérielle à concilier des termes qui s'excluent, qui jurent, qui hurlent dans leur amalgame artificiel comme ceux-ci, par exemple : DIVERSITÉ, SIMPLICITÉ, QUANTITÉ, quantité totale d'une confusion forcée à laquelle aboutirait une tendance abusive à simplifier les différences outre mesure. Et puis, de quelle analogie déduirait-on l'appellation exacte et particulière de chacun des 46 signes graphiques ? Il faut pourtant leur trouver un rapport naturel avec une idée quelconque qui assigne des différences caractéristiques à leurs formes distinctives, autrement, ces signes ne seraient encore que des signes insignifiants comme nos lettres alphabétiques, qui, en dernière analyse étymologique, ne trouvent de signification originelle que dans la forme primitive de leur tradition hébraïque, où elles hiéroglyphisaient des êtres physiques, des choses matérielles des plus grossières, par exemple, un *bœuf*, une *maison*, un *chef*, un *chameau*, et autres grosses idées de même acabit philosophique.

Ainsi, et en résumé, force nous est de recourir à une méthode naturelle, toujours et plus simple et plus féconde que les fameuses méthodes artificielles ou académiennes, qui *artialisent la nature au lieu de naturaliser l'art*, comme dirait Montaigne. Voyons donc ce que pourrait être cette méthode dont les signes, en nombre voulu, ne se présenteraient plus à l'esprit comme de vains symboles alphabétiques que le hasard ferait naître et évanouir, mais bien comme des manifestations intellectuelles dans lesquelles résiderait un sens profond, afin que ce qui, dans l'usage ordinaire, ne saurait être qu'un jeu de mémoire, devînt, de ce point de vue élevé, un enseignement *pantopédique* instructif et fécond ; car le Grammataire, ou nouvel alphabet, dépositaire de nos idées scientifiques qui ressortiraient de chacun de ses signes caractéristiques, devrait être en quelque sorte comme la synthèse philosophique de l'esprit moderne.

PARADIGME SCIENTIFIQUE D'UNE FORMULE UNIVERSELLE.

$$\bullet + \mathsf{I} = \doteq \; :: \; \mathsf{I} + \mathsf{I} = \Lambda \; :: \; \Lambda + \mathsf{I} = \Delta \; :: \; \Delta + \mathsf{I} = \square \; :: \; O + \bullet = \odot$$

$$\odot - O = \bullet$$

$$\bullet$$
$$\bullet$$

Déduction d'un SYSTÈME SEPTAIRE de cette thèse de théorie noologique sur les Majuscules Typographiques des Radicaux Figuratifs, dont la forme cursive des Dérivés Grafiques serait nécessairement ce que la feraient les mouvements naturels de la main, ainsi qu'ils le firent progressivement pour nos anciennes formes alphabétiques :

$$\bullet \quad \mathsf{I} \quad \Lambda \quad \Delta \quad \square \quad O \quad \odot$$

Synthétule Figurative de la Résumption Philosophique :

$$\mathrm{A} \; \overset{\bullet}{\underset{\bullet}{\doteq}} \; \Omega$$

Nous croyons savoir que la Société de Linguistique de Paris se préoccupe aussi de quelque méthode de ce genre, et nous nous dispenserons pour le moment de donner l'exégèse exotérique de la thèse de théorie que nous nous proposons de soutenir ultérieurement. Au reste, en matière de linguistique, comme en toute autre matière, il est sage parfois de compter un peu avec la tradition, de transiger avec l'habitude ; car, on ne saurait se le dissimuler, toute formule universelle de méthode scientifique n'aurait aucune chance d'adoption immédiate, par cela seul qu'elle irait contre l'usage en substituant des signes d'une nouvelle convention aux signes usités de la convention actuelle, réputée la meilleure jusqu'à preuve contraire. Avant de songer à une formule universelle, il est donc bien d'y acheminer l'esprit humain par une méthode artificielle transitoire. Conformons-nous à l'exigence des temps et aux caprices des hommes, en tentant un essai d'un autre genre.

MÉTHODE ARTIFICIELLE TRANSITOIRE.

« Du temps que les savants, à Rome et en Grèce, se servaient des lettres pour exprimer les nombres, ce qui rendait le calcul long et pénible, les Indiens connaissaient déjà l'usage des chiffres, c'est-à-dire de signes particuliers pour la numération, qui sont parvenus jusqu'à nous, grâce aux Maures d'Espagne, grâce à Gerbert de Rheims, et qui aujourd'hui portent encore improprement le nom de CHIFFRES ARABES. »

(AUSLAND : — *État des sciences dans l'Inde.*)

Plus une langue manque d'éléments alphabétiques, plus elle éprouve le besoin d'accents caractéristiques, qui suppléent à leur défaut. Aussi, voyons-nous la langue Hébraïque plus hérissée d'accents que la Grecque, et la Grecque plus que la Russe, et la Russe plus que cette belle, riche et mélodieuse langue indienne, dont les 50 éléments alphabétiques composent le grammataire le plus complet de la prolation moderne. Pour ce qui est de notre pauvre langue bâtarde, il faut avouer que sa prosodie classique s'est surchargée comme à plaisir de signes orthographiques superflus. Nous citerons d'abord le TRÉMA, par exemple, dans *Poëte, Chloë*, etc., qui s'écrivent et se prononcent également *Poète, Chloé*, etc.; pourquoi cette faute classique? pourquoi ce caprice, cette bizarrerie de bon ton académique? et puis, pourquoi avoir conservé encore UN POINT superflu sur la lettre I, contrairement à l'usage ancien? pourquoi cette manie du composé, alors qu'il est toujours utile de simplifier? Si notre typographie employait exclusivement le grossier caractère gothique aux formes angulaires, nous aurions peut-être, comme la savante et routinière Allemagne, une raison de maintenir l'usage établi au xiᵉ siècle de mettre des ACCENTS sur les deux I I pour les distinguer de l'U ; la prosodie française a pu le faire à cette époque, mais elle eut tort de pousser la fureur des accents jusqu'à en saupoudrer tant et tant d'autres lettres, voire même les deux jambages de l'U pour le distinguer de la lettre N, ce qui rendait absurdement inutiles ceux mis sur les deux I I. C'est donc à son *accentuomanie* du xiiiᵉ siècle que notre I isolé dut d'être coiffé d'un certain signe biscornu, qui, comme tous les accents graphiques, modifia progressivement sa forme jusqu'à la réduire à celle d'UN POINT vers la fin du xivᵉ siècle. Quant à notre PONCTUATION, il y aurait pour un savant émérite de quoi faire de la science oiseuse à gogo, de l'érudition bénédictine à tour de bras; mais nous, qui ne sommes ni émérites ni à émériter, nous nous soucions fort peu de savoir si elle nous vient des Massorèthes en ligne plus ou moins directe, ou bien encore si le grand bénédictin Dom Bernard de Montfaucon veut ou ne veut pas qu'elle remonte au delà de messire Aristophane, le grammairien des grammairiens et l'inventeur diplômé des signes distinctifs des parties du discours; seulement, nous observerons en passant que les anciens ne connaissaient point la *virgulation*, mais la *ponctuation*, bien plus simple, et partant bien préférable. Pourquoi donc ne reviendrions-nous pas à l'ancienne méthode de simplification? il suffirait de donner au POINT une triple appellation qui rappellerait alors son triple emploi de *ponctule*, de *binule*, et de *ternule*.

Quoi qu'il en soit, les signes de l'accentuation ont sur tous les autres l'avantage d'une forme infiniment plus simple et plus cursive, et, partant, infiniment préférable; ce serait donc un progrès réel que de les substituer aux lettres en les différenciant de manière à en obtenir une série propre à la représentation au moins des VOYELLES. Resteraient les consonnes, que l'on pourrait fort bien représenter par les chiffres SIGNIFICATIFS de la méthode SAFARAIRE. En effet, pourquoi n'apprendrions-nous pas à remplacer nos lettres insuffisantes par les chiffres plus cursifs et plus universellement usités? Ce ne serait là encore qu'une seconde affaire d'habitude, qui nous *dégréciserait* et nous *déromaniserait* d'autant : car cette nouvelle convention emprunterait alors son caractère propre à celui de notre nationalité, pour faire une heureuse diversion à l'insipide tradition classique des Grecs et des Romains, nos pédagogues et nos dominateurs, qui nous apprirent à nous servir des lettres dans la NUMÉRATION. Et nous ferions ainsi pour la langue ce que le mathématicien Viète fit pour l'algèbre, qui manquait d'expressions arithmétiques, comme nous manquons d'expressions caractéristiques ; et ce système artificiel vaudrait pour le moins autant que le système éclectique de M. Klaproth, qui ne trouva jamais de moyen plus simple de sortir d'embarras que d'imaginer d'ajouter encore à notre confusion babélique par l'amalgame de l'alphabet latin avec des lettres russes et autres de son *Asia Polyglotta.* Et puis, quoi de plus rationnel que cette tendance d'uniformité de méthode, qui appellerait les chiffres significatifs au service actif de l'esprit humain dans la TRIPLE expression vocale, numérale et musicale de sa pensée universelle? Le positivisme philosophique y verrait une manière plus directe, plus naturelle de procéder, une méthode des plus heureuses pour soulager la faiblesse de la mémoire, un enchaînement unitaire dont l'analogie devrait servir de principe à la critique dans la révision rationnelle du bousillage scientifique de ce vieux et préconçu système synoptique de l'omniscience humaine fabriqué *Ab hoc et Ab hac* par la scolastique de Bacon, et replâtré *Bredi-Breda* par le servilisme scientifique des Encyclopédistes français. Ainsi, un double avantage résulterait de la méthode artificielle transitoire que nous proposons ; d'abord, celui d'une substitution de signes infiniment simples à des caractères encore beaucoup trop compliqués dans leur moderne forme INNOMÉE ; puis, celui de débarrasser notre langue de tous ces accents, ces signes additionnels, ces points, ces esprits plus ou moins grecs qui hérissent ses éléments et qui accusent sa pauvreté, sa pénurie originelle ; enfin, l'avantage de pouvoir se raisonner expérimentalement par analogie du SYSTÈME DÉCIMAL, dont le génie pratique français a doté le monde industriel. Mais faisons l'exposé succinct de cette méthode, dont l'ordre naturel devrait être celui de la gamme. Elle prendrait donc pour *unité de valeur phonétique* le son extrême de la voix simple représentée par l'E muet, qu'elle noterait d'un simple point, comme elle noterait la voix brève de l'U d'une virgule ou point composé, et la voix longue ou fléchie de l'U par l'accent circonflexe, à différencier ensuite de cinq manières pour la représentation de toutes les autres voix longues ou fléchies, dont les brèves se distingueraient par la virgule également différenciée ; les accents *aigu* et *grave*, n'étant susceptibles d'aucune variation, figureraient les deux sortes d'E qu'ils caractérisent ; et les voyelles composées ou *diphthongues oculaires* se figureraient par le signe de la parenthèse différencié autant que possible. Quant à l'appellation de ces nouveaux signes caractéristiques, elle se tirerait naturellement de leur valeur phonétique comme l'appellation des consonnes, dont le radical rappellerait leur ordre unitaire. Ainsi donc, nous voyons comment, d'une part, on pourrait simplifier la représentation, par exemple, de 18 voyelles par les accents convertis en figures caractéristiques ; d'autre part, comment leur série se compléterait de caractères numéraux, dont les *neuf chiffres significatifs* se reproduiraient une seconde fois, mais alors en *sens inverse*, afin de pouvoir ainsi différencier la forme des nouveaux signes d'articulations : ce qui, en somme, produirait 18 d'une série et 18 d'une autre $+ 0 +$, &, formant l'ensemble complet d'un système de GRAMMATAIRE de 38 signes de notation phonétique, qui classerait les voix simples et articulées dans l'ordre analogique de la gamme. Voilà le système, tout le système entre les plus possibles.......... Certes, celui-là en vaudrait bien un autre qu'apporterait Jupin précédé de son Tonnerre, ou Trismègiste, ou le Fils de maître Agénor, quelque Pythonisse, prêtresse d'Apollon, ou de tout autre grand dieu diplômé ès-sacro-sainte linguistique académienne !...

(VOIR LES TABLEAUX D'AUTRE PART.)

GRAMMATAIRE.

SÉMULES DE VOIX.

(Deux rangées de seize symboles graphiques.)

SÉMULES D'ARTICULATIONS.

1	2	3	4	5	6	7	8	9	0

(Seconde rangée : figures stylisées correspondantes.)

ENGLISH TONGUE

Sémule	Valeur	Figure	Nom
	i	1	di
	iou	2	bi
	œû	3	pi
	ae	4	vi
	ea	5	effe
	ie	6	ti
	aï	7	elle
	ee	8	arr
	ei	9	ess
	aa	0	zedd
	œu	1	emm
	eau	2	enn
	ouaï	3	dgé
	ew	4	dgi
	aou	5	êtche
	ow	ə	ci
		7	kiou
		8	ex
		θ	dœubliou
= 36.		Δ	and

LANGUE FRANÇAISE

VOYELLES.

Noms.	Figures.	Valeurs.
Afone [1]		e
Fonu		u
Fonúù		û
Fonacuté		é
Gravifonè		è
Fonéê		ê
Foni		i
Fonìì		ì
Fona		a
Fonáà		â
Fono		o
Fonóò		ô
Fonun		un
Foneu		eu
Fonin		in
Fonan		an
Fonou		ou
Fonon		on
	=	38 sémules.

CONSONNES.

Noms.	Figures.	Valeurs.
Primide	1	d
Duobe	2	b
Treipe	3	p
Quartive	4	v
Quintife	5	f
Sexte	6	t
Septile	7	l
Octire	8	r
Nonisse	9	s
Zéroiize	0	z
Primime	1	m
Duone	2	n
Treije	3	j
Quartigue	4	g
Quinteiche	5	h
Sextique	ə	c
Septiche	7	ch
Octigne	8	gn
Noniie	θ	ill
Conjonctule	Δ	et.

(1) Suivant la méthode de simplification de la société de Linguistique, méthode rationnelle qui consiste à orthographier d'après le principe naturel de la prononciation et non d'après la raison étymologique souvent mal raisonnée, nous écrivons comme nous prononçons : AFONE, FONE, FONU, etc., pour APHONE, PHONE, PHONU, etc., du mot grec qui signifie *voix*.

Dans les tableaux du Grammataire ci-contre, où nous nous servons scrupuleusement de signes caractéristiques universellement usités, on remarque la différence du nombre avec ceux de notre vieil et suranné alphabet d'emprunt, alphabet dit romain; cette différence, en apparence de 13, l'est en réalité de 17, puisque, tout en faisant grâce à la lettre H comme simple signe d'élision seulement, nous en supprimons impitoyablement 4 autres, savoir : Y, Q, K, X, comme cause de confusion par superfluité ou double emploi avec leurs congénères; ce qui réduit donc, en valeur positive, l'alphabet romain à 21 lettres élémentaires, ou 5 de plus que dans sa tradition hébraïque. On remarque aussi que nous notons également par des signes plus simples les voix qui se notaient par de confuses combinaisons de lettres forcées; quant aux articulations, nous les représentons avec 3 composées par 19 signes d'une série complémentaire; enfin, sous l'appellation de *conjonctule*, nous figurons encore un signe graphique à modifier dans sa forme cursive. Ainsi modifié, simplifié, complété, perfectionné, le Grammataire français aurait donc l'avantage de compter 3 signes élémentaires de plus que le célèbre *alphabet russe*, qui réunit presque les conditions indispensables d'un Grammataire de cosmoglosse; 3 de plus que le Russe, disons-nous, 14 de plus que le Grec, le Latin, l'Allemand, 15 de plus que l'Espagnol, 16 de plus que l'Italien, 17 de plus que le Romain, etc., etc. Sans doute, à la rigueur, nous aurions pu forcer l'analyse des signes artificiels pour lui en fournir une vingtaine de plus qu'à l'alphabet de la plus belle et de la plus riche langue orientale, mais alors c'eût été ignorer la condition de mérite essentiel du meilleur grammataire, qui consiste à multiplier le moins possible le nombre des signes; voilà donc pourquoi nous avons cru devoir restreindre ceux du Grammataire français à 12 de moins que cet alphabet indien, signalé par la philologie européenne comme le plus simple, le plus complet, le plus propre à exprimer, dans sa classification musicale suivant les organes de la parole, presque toutes les vocalités simples ou consonnantes du verbe humain. Enfin, au point de vue de l'unité scribaire, nous ne dirons rien de cet autre avantage d'une formule universelle, dont le type des plus cursifs ferait diversion à la confusion calligraphique d'une infinité de points d'écriture modernes, confusion qui eut pour résultat fâcheux d'encombrer le système encyclopédique d'un art de plus : l'art du Paléographe.

II

COSMOGLOSSOLOGIE [1].

Le *Pays* étudie les moyens de réaliser dans le monde entier l'unité des monnaies, comme celle des poids et mesures.

(Le Siècle. — *Numéro du 14 novembre 1856.*)

Qui veut la fin veut les moyens; qui donc rétablira l'unité de langage sur ta terre ?....

(Agénorie la moderne.)

Les langues sont diverses, la raison est une.

***

Le grec et le latin sont comme les mauvaises herbes, qui étouffent tout, si on n'a soin de les arracher.

(Kloeden, — *Professeur à l'école industrielle de Berlin.*)

Mettez les Indes en France.

(Napoléon Ier — *Aux savants officiels.*)

La terre ne parlerait que 4 ou 5 langues dans les 4 ou 5 parties du globe, qu'une grammaire plus ou moins classique suffirait à leur enseignement, et l'activité humaine n'aspirerait point comme de nos jours au don d'une Langue nécessaire; mais, au lieu de 4 ou 5, elle en parle 4 ou 500, elle en baragouine des milliers, oui des milliers !... Etonnez-vous donc de ce que les électriques relations internationales de l'industrie moderne se paralysent

---

[1] Nous pâlissons de barbarisme classique à la longueur démesurée de cette dénomination d'une autre nouvelle science, mais dans notre langue maternelle le mot composé nous ferait pâlir davantage; va donc pour le satané grec, en dépit de notre *grècophobie* !....

de plus en plus par l'obstacle universel de cette nouvelle confusion babélique dans le monde civilisé, où la glossologie n'énumère pas moins de 2,810 langages et dialectes d'une diversité inouïe, savoir : 22 africains, — 587 européens, — 937 asiatiques, — 1,264 américains. — En somme, disons-nous, 2,810, qui accusent une civilisation négative, un immense et effroyable divorce dans la grande commune humaine, une anarchie universelle, comme les trente-six patois de la France ancienne accusaient la tradition antique d'une anarchie provinciale !.....

Mais, sur le terrain inculte de la cosmoglossologie, cédons, s'il vous plaît, le pas à Faiguet, laissons-lui la parole sur la Langue nécessaire, descendons de cette branche ardue pour y laisser grimper le Trésorier de France, qui la cultivera moins pauvrement que nous et plus fructueusement que les Mohgi-Eddin, les Klaproth, les Wilkins, les Becher, les de Maimieux, les de Volney, les Etienne Vidal, etc., etc., dont la Société de linguistique, si nous ne nous trompons, se propose de reviser activement le grand œuvre ébauché.

On a parlé, dit Faiguet, on a parlé presque de nos jours d'un nouveau système de Grammaire pour former une Langue universelle et abrégée qui pût faciliter la correspondance et le commerce entre les nations de la commune européenne : on assure que M. Leibnitz s'était occupé sérieusement de ce projet, mais on ignore jusqu'où il avait poussé sur cela ses réflexions et ses recherches. On croit communément que l'opposition et la diversité des esprits rendraient l'entreprise impossible ; et l'on prévoit sans doute que quand même on inventerait le langage le plus rapide et le plus aisé, jamais les peuples civilisés ne voudraient concourir à l'apprendre. Aussi n'a-t-on rien fait de considérable pour cela.

Le Père Lami, de l'Oratoire, dit dans sa rhétorique quelque chose des avantages et de la possibilité d'une langue conventionnelle ; il donne à entendre qu'on pourrait supprimer les déclinaisons et les conjugaisons en choisissant pour les verbes, par exemple, des mots qui exprimassent les actions, les passions, les manières, etc., et, déterminant les personnes, les temps et les modes par des monosyllabes qui fussent les mêmes dans tous les verbes. A l'égard des noms, il ne voudrait aussi que quelques articles qui en exprimassent les divers rapports ; et il propose pour modèle la Langue des Tartares Mogols, qui semble avoir été formée sur ce plan.

Charmé de cette première ouverture, continue Faiguet, j'ai voulu commencer au moins l'exécution d'un projet que d'autres ne font qu'indiquer ; et je crois avoir conçu un système des plus naturels et des plus faciles, non que je prétende doter le monde d'un langage universel ; ce grand œuvre philosophique par excellence ne peut convenir qu'aux Académies savantes que nous avons en Europe, supposé encore qu'elles travaillassent de concert sous les auspices de leurs puissances respectives. J'indique seulement aux linguistes un langage laconique fort simple que l'on saisit tout d'abord, et à l'aide duquel on est bientôt en état de parler et d'écrire, et qui peut être varié à l'infini........

L'usage des conjugaisons dans les langues savantes est d'exprimer en un seul mot une action, la personne qui fait cette action, et le temps où elle se fait. *Scribo*, j'écris, ne signifie pas simplement l'action d'écrire, il signifie encore que c'est moi qui écris, et que j'écris en ce moment. Ce mécanisme, tout ingénieux qu'il est, ne saurait encore nous convenir ; il nous faut du plus constant et du plus uniforme. Voici donc tout notre plan de conjugaison :

1° L'infinitif ou l'indéfini sera en *as* : donner, *donas*. Le passé de l'infinitif en *is* : avoir donné, *donis*. Le futur de l'infinitif en *us* : devoir donner, *donus*. Le participe présent en *ont* : donnant, *donont*.

2° Les terminaisons *a, e, i, o, u*, et les prénoms *jo, to, lo, no, vo, zo*, feront tout le mode indicatif ou absolu. Je donne, *jo dona* ; tu donnes, *to dona* ; il donne, *lo dona* ; nous donnons, *no dona* ; vous donnez, *vo dona* ; ils donnent, *zo dona*. Je donnais, *jo doné* ; tu donnais, *to doné* ; il donnait, *lo doné*, etc. J'ai donné, *jo doni* ; tu as donné, *to doni* ; il a donné, *lo doni*, etc. J'avais donné, *jo dono* ; tu avais donné, *to dono* ; il avait donné, *lo dono*, etc. Je donnerai, *jo donu* ; tu donneras, *to donu* ; il donnera, *lo donu*, etc.

3° Quant au mode subjonctif ou dépendant, on le distinguera en ajoutant la lettre et le son *r* à chaque temps de l'indicatif, de sorte que les syllabes *ar, er, ir, or, ur*, feraient tous nos temps du subjonctif. On dira donc : que je donne, *jo donar, to donar*, etc. ; je donnerais, *jo doner, to doner*, etc. ; j'aie donné *jo donir, to donir*, etc. ; j'aurais donné, *jo donor, to donor*, etc. ; j'aurai donné, *jo donur, to donur*, etc. Cependant je ne voudrais employer de ce mode que l'imparfait, le plus-que-parfait et le futur.

4° Pour le mode commandeur ou impératif, on exprimera la seconde personne, presque la seule en usage, par le présent de l'indicatif tout court. Ainsi, l'on dira : donnez, *dona*. La troisième personne ne sera autre chose que le subjonctif ou dépendant : qu'il donne, *lo donar*.

5° On distinguera l'interrogation en mettant la personne après le verbe : donne-t-il ? *dona lo* ; a-t-il donné ? *doni lo* ; avait-il donné ? *dono lo* ; donnera-t-il ? *donu lo* ; donnerait-il ? *doner lo* ; aurait-il donné ? *donor lo* ; aura-t-il donné ? *donur lo*.

6° Le passif sera formé du nouvel indicatif en *a*, et du verbe auxiliaire *sas* : être. Etre donné : *sas dona* ; je suis donné, *jo sa dona* ; tu es donné, *to sa dona* ; il est donné, *lo sa dona*, etc.

7° Il y a plusieurs substantifs qui sont censés certains verbes avec lesquels ils ont un rapport visible : donation, par exemple, vient naturellement de *donner* ; volonté, de *vouloir* ; service, de *servir*, etc. Ces sortes de substantifs se formeront de leurs verbes en changeant la terminaison de l'infinitif en *ou* : donner *donas* ; donation, *donou* ; vouloir, *vodas* ; volonté, *vodou* ; servir, *servas* ; service, *servou*, etc. Au surplus, on suivra communément le tour, les figures et le génie du français.

8° On pourra, dans le choc des voyelles, dans l'hiatus, employer la lettre *n* pour éviter l'élision et pour rendre la prononciation plus douce. Nous allons faire l'application de ces règles ; et l'on n'aura pas de peine à les comprendre pour peu qu'on lise ce qui suit :

MODÈLE DE CONJUGAISON ABRÉGÉE.

Verbe auxiliaire, *Sas* : Être.

INDÉFINI OU INFINITIF.

Etre,	Sas,
Avoir été,	Sis.
Devoir être,	Sus.
Etant,	Sont.

ABSOLU OU INDICATIF. PRÉSENT.

Je suis,	Jo sa.
Tu es,	To sa.
Il est,	Lo sa.
Nous sommes,	No sa.
Vous êtes,	Vo sa.
Ils sont,	Zo sa.

IMPARFAIT.

J'étais,	Jo sé.
Tu étais,	To sé.
Il était,	Lo sé.
Nous étions,	No sé.
Vous étiez,	Vo sé.
Ils étaient,	Zo sé.

PARFAIT.

J'ai été,	Jo si.
Tu as été,	To si.
Il a été,	Lo si.
Nous avons été,	No si.
Vous avez été,	Vo si.
Ils ont été,	Zo si.

PLUS-QUE-PARFAIT.

J'avais été,	Jo so.
Tu avais été,	To so.
Il avait été,	Lo so.
Nous avions été,	No so.
Vous aviez été,	Vo so.
Ils avaient été,	Zo so.

FUTUR.

Je serai,	Jo su.
Tu seras,	To su.
Il sera,	Lo su.
Nous serons,	No su.
Vous serez,	Vo su.
Ils seront,	Zo su.

DÉPENDANT OU SUBJONCTIF. PRÉSENT.

Je sois,	Jo sar.
Tu sois,	To sar.
Il soit.	Lo sar.
Nous soyons,	No sar.
Vous soyez,	Vo sar.
Ils soient,	Zo sar.

IMPARFAIT.

Je serais,	Jo ser.
Tu serais,	To ser, etc.

PARFAIT.

J'aie été,	Jo sir.
Tu aies été,	To sir, etc.

PLUS-QUE-PARFAIT.

J'aurais été,	Jo sor.
Tu aurais été,	To sor, etc.

FUTUR.

J'aurai été,	Jo sur.
Tu auras été,	To sur, etc.

COMMANDEUR OU IMPÉRATIF.

Sois, soyez,	Sa.
Qu'il soit,	Lo sar.
Soyons,	No sar.
Qu'ils soient,	Zo sar.

INTERROGATIF.

Suis-je?	Sa jo?
Es-tu ?	Sa to ?
Est-il ?	Sa lo ?
Sommes-nous ?	Sa no ?
Etes-vous?	Sa vo ?
Sont-ils?	Sa zo ?
Etaient-ils ?	Se zo ?
Ont-ils été?	Si zo ?
Avaient-ils été ?	So zo ?
Seront-ils?	Su zo ?

Conjugaison active.

INFINITIF.

Donner,	Donas.
Avoir donné,	Donis.
Devoir donner,	Donus.
Donnant,	Donont.

INDICATIF. PRÉSENT.

Je donne,	Jo dona.
Tu donnes,	To dona.
Il donne,	Lo dona.
Nous donnons,	No dona.
Vous donnez,	Vo dona.
Ils donnent,	Zo dona.

IMPARFAIT.

Je donnais,	Jo doné.
Tu donnais,	To doné, etc.

PARFAIT.

J'ai donné,	Jo doni.
Tu as donné,	To doni, etc.

PLUS-QUE-PARFAIT.

J'avais donné,	Jo dono, etc.

FUTUR.

Je donnerai,	Jo donu, etc.

DÉPENDANT. PRÉSENT.

Que je donne,	Jo donar, etc.

IMPARFAIT.

Je donnerais,	Jo doner, etc.

PARFAIT.

J'aie donné,	Jo donir, etc.

PLUS-QUE-PARFAIT.

J'aurais donné,	Jo donor, etc.

FUTUR.

J'aurai donné,	Jo donur, etc.

IMPÉRATIF.

Donne, donnez,	Dona.
Qu'il donne,	Lo donar.
Donnons,	No donar.
Qu'ils donnent,	Zo donar.

INTERROGATIF.

Donnai-je ?	Dona jo?
Donnes-tu ?	Dona to?
Donne-t-il ?	Dona lo ?
Donnons-nous ?	Dona no?
Donnez-vous ?	Dona vo ?
Donnent-ils ?	Dona zo ?
Donnais-tu ?|	Doné to ?
As-tu donné ?	Doni to?
Avais-tu donné ?	Dono to?
Donneras-tu?	Donu to?
Donnerais-tu ?	Doner to?
Aurais-tu donné ?	Donor to?

Conjugaison passive.

INFINITIF PASSIF.	
Etre donné,	Sas dona.
Avoir été donné,	Sis donna.
Devoir être donné,	Sus dona.
Etant donné,	Sont dona.
Donné, qui a été donné,	Dona.

INDICATIF. PRÉSENT.

Je suis donné,	Jo sa dona.
Tu es donné,	To sa dona.
Il est donné,	Lo sa dona.
Nous sommes donnés,	No sa dona.
Vous êtes donnés,	Vo sa dona.
Ils sont donnés,	Zo sa dona.

IMPARFAIT.

J'étais donné,	Jo se dona.
Tu étais donné,	To se dona, etc.

PARFAIT.

J'ai été donné,	Jo si dona.
Tu as été donné,	To si doua, etc.

PLUS-QUE-PARFAIT.	
J'avais été donné,	Jo so dona.
Tu avais été donné,	To so dona, etc.

FUTUR.

Je serai donné,	Jo su dona.
Tu seras donné,	To su dona, etc.

DÉPENDANT OU SUBJONCIF. PRÉSENT.

Je sois donné,	Jo sar dona.
Tu sois donné,	To sar dona.
Il soit donné,	Lo sar dona.
Nous soyons donnés,	No sar dona.
Vous soyez donnés,	Vo sar dona.
Ils soient donnés,	Zo sar dona.

IMPARFAIT.

Je serais donné,	Jo ser dona.
Tu serais donné,	To ser dona, etc.

PARFAIT.

J'aie été donné,	Jo sir dona.
Tu aies été donné,	To sir dona, etc.

PLUS-QUE-PARFAIT.	
J'aurais été donné,	Jo sor dona.
Tu aurais été donné,	To sor dona.

FUTUR.

J'aurai été donné,	Jo sur dona.
Tu auras été donné,	To sur dona, etc.

IMPÉRATIF.

Sois *ou* soyez donné,	Sa dona.
Qu'il soit donné,	Lo sar dona.
Soyons donnés,	No sar dona.
Soyez donnés,	Vo sar dona.
Qu'ils soient donnés,	Zo sar dona.

INTERROGATIF.

Suis-je donné?	Sa jo dona.
Es-tu donné?	Sa to dona.
Est-il donné?	Sa lo dona.
Sommes-nous donnés?	Sa no dona.
Etes-vous donnés?	Sa vo dona.
Sont-ils donnés?	Sa zo dona.
Serait-il donné?	Ser lo dona.
Aurait-il été donné?	Sor lo dona.

Conjugaison des Verbes réciproques : s'offrir, s'attacher, s'appliquer, etc.

INFINITIF.	
S'offrir,	Sofras.
S'être offert,	Sofris.
Devoir s'offrir,	Sofrus.
S'offrant,	Sofront.

INDICATIF.

Je m'offre,	Jo sofra.
Tu t'offres,	To sofra.
Il s'offre,	Lo sofra.
Nous nous offrons,	No sofra.
Vous vous offrez,	Vo sofra.
Ils s'offrent,	Zo sofra.
Je m'offrais, etc.,	Jo sofré, etc.

Je me suis offert, etc.,	Jo sofri,	etc.
Je m'étais offert, etc.,	Jo sofro,	etc.
Je m'offrirai, etc.,	Jo sofru,	etc.
Et ainsi du reste.		

SUBJONCTIF.

Je m'offrirais,	Jo sofrer.
Tu t'offrirais, etc.,	To sofrer, etc.
Je me serais offert,	Jo sofror.
Tu te serais offert, etc.,	To sofror, etc.
Je me serai offert,	Jo sofrur.
Tu te seras offert, etc.,	To sofrur, etc.

Le *subjonctif* peut toujours suppléer à l'*impératif*, surtout dans ces sortes de verbes. On dira donc :

Offre-toi,	To sofrar.
Qu'il s'offre,	Lo sofrar.
Offrons-nous,	No sofrar.
Offrez-vous,	Vo sofrar.
Qu'ils s'offrent,	Zo sofrar.

INTERROGATIF.

S'offre-t-il ?	Sofra lo.
S'offrait-il ?	Sofré lo.
S'est-il offert ?	Sofri lo.
S'était-il offert ?	Sofro lo.
S'offrira-t-il ?	Sofru lo.

Déclinaisons.

Nous allons suivre pour les déclinaisons le plan d'abréviation et de simplification que nous avons annoncé plus haut. Dans cette vue, nous supprimons toute différence de genre, ou plutôt nous n'en admettons point du tout. Nous n'admettons point non plus d'adjectifs déclinables; nous en faisons des espèces d'adverbes destinés à modifier les substantifs. qui, du reste, n'auront jamais d'articles, et dont nous marquerons le pluriel par la lettre s, que l'on fera sonner dans la prononciation. Pour les cas, voici à quoi on les réduit : — La préposition BI marquera le rapport du *génitif* tant au singulier qu'au pluriel. De même, la préposition BU marquera tous les *datifs*. La préposition DE, qui caractérise souvent notre *ablatif* en français, comme : *Je viens de la maison*, cette préposition, dis-je, sera employée au même sens dans notre langue nécessaire. La préposition PAR sera changée en PO. On dira donc :

SINGULIER.		PLURIEL.	
NOMINATIF.			
La maison :	*Manou.*	Les maisons :	*Manous.*
GÉNITIF.			
De la maison :	*Bi manou.*	Des maisons :	*Bi manous.*
DATIF.			
A la maison :	*Bu manou.*	Aux maisons :	*Bu manous.*
ACCUSATIF.			
La maison :	*Manou.*	Les maisons :	*Manous.*
VOCATIF.			
O maison :	*Manou.*	O maisons :	*Manous.*

ABLATIF.

De la maison :	*De manou.*	Des maisons :	*De manous.*
Par la maison :	*Po manou.*	Par les maisons :	*Po manous.*

Les augmentatifs seront terminés en LE. Grande Maison : *Manoulé.* Grand garçon : *Filolé.* Les diminutifs seront en LI. Petite maison : *Manouli.* Petit garçon : *Filoli.*

PRONOMS.

Je, moi,	*Jo.*
Tu, toi,	*To.*
Il, elle, le, lui,	*Lo.*
Notre, nôtres,	*Noti.*
Soi, eux-mêmes,	*So.*
Ceci, cela,	*Sola.*
Qui, quel, quels,	*Ki, qui.*
Ton, ta, tes, tien,	*Te.*
Nous,	*No.*
Vous,	*Vo.*
Ils, eux, elles,	*Zo.*
Votre, vôtres,	*Voti.*
Ce, ces,	*Soli.*
Ces choses-là,	*Solas.*
Mon, ma, mes, mien,	*Me.*
Son, sa, ses, sien,	*Se.*

NOMS DES NOMBRES AVEC LEURS FIGURES.

Ba	1.	B,	Unième, Premier.	Bamu.
Co	2.	C,	Deuxième, second	Comu.
De	3.	D,	Troisième.	Demu.
Ga	4.	G,	Quatrième.	Gamu.
Ji	5.	J,	Cinquième	Jimu.
Lu	6.	L,	Sixième.	Lumu.
Ma	7.	M,	Septième	Manu.
Ni	8.	N,	Huitième	Nimu.
Pa	9.	P,	Neuvième	Pamu.
Vu	10.	Bo,	Dixième	Vumu.
Vuba	11.	Bb,	Onzième	Vubamu.
Vuco	12.	Bc,	Douzième	Vucomu.
Vude	13.	Bd,	Treizième	Vudemu.
Vuga	14.	Bg,	Quatorzième	Vugamu.
Vugi	15.	Bj,	Quinzième	Vujimu.
Vulu	16.	Bl,	Seizième	Vulumu.
Vuma	17.	Bm,	Dix-septième	Vumanu.
Vuni	18.	Bn,	Dix-huitième	Vunimu.
Vupa	19.	Bp,	Dix-neuvième	Vupamu.
Covu	20.	Co,	Vingtième.	Covumu.
Covuba	21.	Cb,	Vingt-unième.	Covubamu.
Covuco	22.	Cc,	Vingt-deuxième	Covucomu.
Covude	23.	Cd,	Vingt-troisième	Covudemu.
Covuga	24	Cg,	Vingt-quatrième	Covugamu.
Covuji	25.	Cj,	Vingt-cinquième.	Covujimu.
Covulu	26.	Cl,	Vingt-sixième.	Covulumu.
Covuma	27.	Cm,	Vingt-septième	Covumamu.
Covuni	28.	Cn,	Vingt-huitième	Covunimu.
Covupa	29.	Cp,	Vingt-neuvième	Covupamu.
Devu	30.	Do,	Trentième.	Devumu.
Gavu	40.	Go,	Quarantième	Gavumu.
Jivu	50.	Jo,	Cinquantième	Jivumu.
Luvu	60.	Lo,	Soixantième	Luvumu.
Mavu	70.	Mo,	Soixante-dixième.	Mavumu.
Nivu	80.	No,	Quatre-vingtième	Nivumu.
Pavu	90.	Po,	Quatre-vingt-dixième	Pavumu.
Sinta	100.	Boo,	Centième	Sintamu.
Cosinta	200.	Coo,	Deux-centièmes	Cosintamu.
Desinta	300.	Doo,	Trois-centièmes	Desintamu.
Gasinta	400.	Goo,	Quatre-centièmes	Gasintamu.
Mila	1,000.	B,ooo,	Millième	Milamu.
Milo	1,000,000	B,ooo,ooo,	Millionième	Milomu.

POST-DROME.

Eh bien ! Populo, que te semble de l'Académie, si richement oiseuse ? ne dirait-on pas qu'elle s'étudie à dénaturer le caractère de la science, à la rendre de plus en plus abstruse et rebutante en préférant les apores classiques aux questions simples et pratiques ? Un exemple entre mille et mille :

« Rechercher l'origine de l'alphabet phénicien ; puis, en suivre la propagation chez les divers peuples de l'ancien » monde ; puis, caractériser les modifications que les peuples y introduisirent afin de l'approprier à leurs langues, à » leur organe vocal, et peut-être aussi quelquefois en le combinant avec des éléments empruntés à d'autres systèmes » graphiques. » — Prix d'encouragement : Une couronne académienne ou une Mention de capacité, au choix du travailleur le plus apte. Avis aux amateurs de migraine scientifique ou de problèmes plus faciles à poser qu'à résoudre !...

Il va sans dire qu'il ne s'est trouvé aucun *alphabétologue* assez diplômé pour gagner l'argent de l'Académie en se risquant à cette recherche *historicofabulique*, aussi intéressante que celle de l'origine de l'alphabet himyarite. Sans doute, l'immortelle compagnie des 40 Cadmus modernes tenait à livrer au public un nouvel échantillon de son savoir-faire collectif, comme s'il eût été jamais possible d'en douter après l'œuvre mémorable de sa GRAMMAIRE classique et de son DICTIONNAIRE non moins classique !... Pour ce qui est de sa Grammaire, tant particulière que générale, tu sais, Populo, quelles avalanches d'exceptions bizarres y noient de règles arbitraires :

> Qui se fye en sa grammaire,
> S'abuse manifestement :
> Combien que grammaire profère,
> Et que lectre soit la grand'mère.
> Des sciences et fondement, etc., etc.

Ce qui était déjà vrai avant l'Académie l'est encore à plus forte raison. Et quant à son bon gros et fameux Dictionnaire, tu sais aussi comment il lui a fait perdre sans retour toute espèce d'autorité en matière de linguistique par ses définitions préconçues, qui toutes accusent un défaut absolu de critique rationnelle, de logique naturelle, surtout à l'endroit des sciences dites ou prétendues *morales, économiques et politiques*, voire même *psychologiques, métaphysiques*, et autres *psytygysiques* classiques à PÉTITION DE PRINCIPE uniquement fondées sur la logomachie académienne..... Oui-dà, monsieur le contempteur ! mais vous-même, qui dites ainsi à l'Académie son fait tout net et tout cru, ne craignez-vous point de la voir user de représailles en vous disant tout nettement et tout crûment ce que d'avance vous savez de science certaine ; à savoir, que votre science de contrebande est aussi sujette à caution, que votre tentative d'essai d'un *Grammataire* manque aussi du mérite classique de la perfection absolue, qui le rendrait absolument digne d'un autre que vous?.... Dame! Populo, que veux-tu ! mon essai, mon premier essai, vaut ce que valent tous les essais du monde ; et puis, le sage ne l'a-t-il point dit ? *quiconque ne se sent pas le courage de mal faire ne fera jamais rien*. Oui, Populo, science oblige, mais diplôme dispense. Or, rien ne m'obligeait ni ne me dispensait d'essayer, à ma manière, de remplir la mission originelle de l'Académie, qui jouit de 40 fauteuils rentés pour reposer son immortalité et non la faire marcher à l'instar de vulgaires péripatéticiens..... Mais trève ici de lanternerie rhétoricale en manière de péroraison, et concluons rondement ou carrément.

Donc, point n'avons en vue et ni le lanturlu ou critique scientifiquement dédaigneuse de Dame Académie, dont nous ne serons jamais le sigisbée, parce qu'elle ne trouve de parfait que ce qui émane d'elle, au dire littéraire de ses flatteuses égologies biographiques imposées à tout récipiendaire ; et ni la critique vénale du mercantilisme littéro-scientifique de Messire JOURNALISME-FRANÇAIS, qui fait métier, mais triste métier, de ce dont il devrait se faire une mission, sinon sainte et sublime comme il convient à l'apostolat de l'auguste vérité, du moins honorable et digne comme il

conviendrait à une grande nation noble et généreuse..... Tout beau là !..... lors, pour qui travaillez ? car enfin.....
Tantôt vous le dirons, quand Populo au premier venu ouvrira à deux battants son

INSTITUT INDUSTRIEL

DE LA

COMMUNE EUROPÉENNE.

Il y a certaines manières de s'acquitter de certaine dette de reconnaissance ; et, puisque tout finit par des chansons, dans le meilleur des mondes, répétons gaiement du chansonnier populaire ce refrain véridique, que la Société de linguistique voudra gracieusement bien nous passer comme expression un peu originale du faible hommage sympathique d'un *romanogrécophobe* :

Non, non. . . . .
. . . .
. . . .
    C'est presque un cercle académique,
    Me disait maint esprit caustique.
    Mais que vois-je ! . . . . . .
. . . .
  Asseyez-vous, me dit la compagnie.
Non, non, ce n'est point comme à l'Académie.
  Ce n'est point comme à l'Académie.

    Toussant, crachant, faudra-t-il donc,
    Dans un discours superbe et long,
    Dire : Quel honneur vous me faites !
    Messieurs, vous êtes trop honnêtes ;
    Ou quelque chose d'aussi fort ?
    Mais que je m'effrayais à tort !
  On peut ici montrer moins de génie.
Non, non, ce n'est point comme à l'Académie.
  Ce n'est point comme à l'Académie.

    Admis enfin, aurais-je alors
    Pour tout esprit l'esprit de corps ?
    Il rend le bon sens, quoi qu'on dise,
    Solidaire de la sottise ;
    Mais dans votre société
    L'esprit de corps c'est la gaieté.
  Cet esprit-là règne sans tyrannie.
Non, non, ce n'est point comme à l'Académie.
  Ce n'est point comme à l'Académie.

    Ainsi j'en juge à votre accueil,
    Ma chaise n'est point un fauteuil.
. . . .
. . . .

Mais....., pardon, mille pardons, je ne voulais en répéter que le refrain, n'en citer que deux vers, et voilà que je me prends et surprends à en reproduire deux pages !.... Vraiment, quand une fois on met le nez dans cet illustre et excellent Béranger, il n'y a plus moyen de l'ôter. C'est que son esprit sérieusement badin rappelle naturellement l'esprit gaulois et fait notre gloire nationale dans la poésie gayante ou chantante, comme le Fablier Champenois dans la poésie morale, le Philosophe de la Gascoigne dans la science non artificielle. Montaigne, La Fontaine, Béranger : Quelle triopédie naturelle ! quel livre attrayant en toutes choses !.....

Non, ma foi, non, ce n'est point comme à l'Académie. Ce n'est point comme à l'Académie, qui vous assoupit savamment avec ses livres classiques. Ne cherchons donc pas dans sa bibliothèque le livre des livres, le livre de la nature,

3

dont la vérité éternelle se résume en un mot seul et unique, dont voici le symbole noonomique sur lequel nous appelons l'attention de l'école de Messieurs Pythagore et consorts :

Ornan jared !..,. *Nébusçazban.....:* par l'industrie. Jugez-en vous-même; voyez la télégraphie, qui fait circuler la pensée autour du globe en moins de temps qu'il n'en faut pour cligner de l'œil. Et l'électricité asservie comme agent universel, l'électricité souterraine, le feu central maîtrisé par le Côluópur, ce parafeu qui prévient les commotions terrestres du feu central au moyen d'attracteurs-réservoirs à sonde électrométrique adaptés aux cratères des soupapes de sûreté du globe; l'électricité aérienne, le feu extérieur maîtrisé par le nubotome, ce crève-nuée à projecteur atmosphérique, ce paratonnerre mobile à récipient soutireur-conducteur, cet aérostat parafoudre (1) qui permet à la volonté de l'homme d'atteindre incontinent à Jupiter pour le désarmer de ses terribles carreaux dans son courroux orageux (2). Et la houille, le gaz, la vapeur, toutes ces vieilleries de la routine reléguées par l'électricité dans la catégorie des procédés surannés et dispendieux. Et la navigation aérienne, mue par la force atmosphérique, plus prompte, plus économique et moins périlleuse que la navigation marienne. Et puis, toutes ces tendances diverses d'unification économique par les signes d'échanges, les expositions universelles, les suppressions de douanes, l'édification de Palais de Cristal, ces habitations princières du travail régénéré !... Et puis, mais...., que sais-je encore?... Ne sentez-vous pas la terre tressaillir d'enfantement, trembler plus que jamais sous nos pieds ? *Brousse !.. Jeddo !.. Rhodes !....* Non, l'homme actuel n'est point fait pour jouir de la consommation du grand œuvre de l'harmonie universelle...... Allons, allons! décidément je tourne au mysticisme, je deviens visionnaire, je ne vois plus les choses telles qu'elles sont, mais tout au rebours de ce que les voit la science officielle........ Ventre saint-gris ! nous n'avons qu'un temps à vivre....; car bientôt arrive le 13 juin.............

> Amis! toujours le verre en main,
> buvons, buvons,

buvons et chantons comme le comte Ory; et portons un toast à la santé de cette chère science officielle, qui se gardera bien de regarder notre Grammataire comme nous nous gardons de regarder ses livres classiques. A sa santé, Messieurs !....; et profitons d'un moment de belle humeur pour commettre une bonne œuvre d'intérêt public. Je veux parler d'une souscription industrielle d'encouragement scientifique en faveur de tous les linguistes qui traiteront de la Cosmoglosse sous la dictée de l'enseignement expérimental de l'opinion publique, devant l'autorité suprême de laquelle s'efface toute autorité individuelle ou classique. Montrons donc l'exemple en versant notre Décime universel au bureau de l'Ane savant ou à celui de Figaro, cet actif et fidèle ardélion de la société, qui s'empressera de tout cœur de nous tenir au courant de son compte-courant d'impôts facultatifs avec la trésorerie centrale du Décimat industriel au Palais de Cristal.

> 40 millions de Français multipliés par
> <u>10 centimes</u>
> **4** millions de francs !....

Avec ce modique Décime universel d'impôt facultatif, voilà tout à coup, et comme par enchantement, de quoi rémunérer assez convenablement une année de travail, une année de six mille francs d'appointement à plus de 640 linguistes missionnés au scrutin, dans des congrès spéciaux, par l'opinion publique en sa qualité de payante et de commandante. Ce serait donc placer ses deux sous *à tout pour cent* au profit de l'intérêt général, surtout en ce moment où le travail national ne prodigue pas ses faveurs obligées à tout le monde. Et puis, l'expérience une fois faite, qui doutera alors de ce que la société pourra faire collectivement ensuite à l'aide magique du puissant levier d'or de cette solidarité publique..... Essayons toujours, nous ne risquerons jamais que le prix total d'un petit verre de chenic ou de poison ; deux sous, dix centimes, ou huit liards par tête. Ce n'est vraiment pas la peine de se priver du plaisir si

---

(1) Bon nombre de localités rurales en sont encore dépourvues; espérons que la sollicitude administrative les mettra bientôt à même d'en posséder, comme elles possèdent des pompes à incendie.

(2) Rendons hommage à la vérité, même aux dépens de la mémoire triplement académienne de l'illustre auteur des anciennes célèbres Leçons de physique expérimentale et des Lettres sur l'électricité, qui jadis vulgarisèrent la science en Europé; nous avouons donc que l'idée pratique de ce côluôpur et de ce nubotome nous est moins suggérée par son livre classique que par l'allumette chimique..... On ne se figure pas ce que contient de lumière scientifique ce brin de bois soufré, dont la simple monographie nous semble si bien expliquer la double théorie et du feu central et de la matière inerte. Si vraiment nous avions appris la physique sur les bancs de l'école, et que nous fussions par conséquent devenu un professeur assez diplômé pour l'enseigner à de royaux élèves comme ceux de l'auteur des anciennes célèbres leçons, nous pourrions de notre chef affirmer de l'allumette à la congrève, que ce petit *focophore* de poche est *la clef de la physique;* mais la vérité ne saurait avoir de poids sous notre légère plume d'oie. Décidément, nous le voyons par nous-même, la science s'apprend mieux en méditant sur la nature qu'en étudiant dans les livres.....

naturel de faire d'heureux travailleurs, qui à leur tour en feraient d'autres encore, qui eux-mêmes....., et ainsi de suite, jusqu'à extinction de la NON SOLIDARITÉ, puisque le bien-être engendre le bien-être comme la misère engendre la misère.

Bref !..., pas tant de discours pour DEUX SOUS; à T-D-A, on y parle moins, et on agit plus : parce qu'on y est moins grec et moins romain.

Je n'insisterai donc pas plus longtemps sur la proposition de cet impôt facultatif au moyen du Décimat Industriel avec prime d'encouragement public. Vous voyez, du reste, quelle ressource efficace il nous procure tout spontanément : quatre millions en un clin-d'œil !...; multipliez encore ce chiffre par chaque jour de l'année, et vous obtenez non moins spontanément un milliard et demi : soit quinze milliards en dehors de l'impôt forcé pour une période décennale. Je dis décennale, parce qu'en moins de dix ans le Génie Moderne, avec ce prodigieux levier d'or, ferait surgir du sol français un pays tout nouveau, et d'une physionomie prospère et riante..... Vous nous citez votre Paris ; mais T-D-A ne serait plus qu'un faubourg d'un Pontoise décimaté (subventionné par le Décimat), mais le paradis d'Eden ne serait rien en comparaison des cours et boulevards de nos grandes cités industrielles.,.... Vous nous parlez aussi de travail national, de débouchés internationaux, de crédit public; mais le cours normal des choses les déterminerait spontanément, mais le monde civilisé ne suffirait plus à l'activité humaine, mais les peuples barbares et sauvages se verraient entraînés par le mouvement universel; et alors, on s'expliquerait naturellement la substitution de la force mécanique à la force physique, de la force matérielle à la force manuelle, comme condition essentielle de bien-être intellectuel et moral. Ainsi, d'abord, la France, et par droit d'initiative, et par droit de dévouement; ensuite, l'Europe, par le fait de l'empire de la loi d'impulsion universelle; puis, l'Amérique; puis, l'Afrique; puis....... Et la Terre, belle alors, mais belle de toute beauté, belle et gracieuse de sa nature cultivée, la Terre glorieusement ornée de sa couronne de prospérité, la Terre régénérée, bénie, sanctifiée, par la science humaine, et convoitant spirituellement cet anneau nuptial dont les chatons spéculaires brillent et scintillent au firmament de la vérité éternelle comme pour nous illuminer au regard du Très-Haut, la Terre rayonnante de bonheur et d'amour sublimes dans les ébats naturels de sa vie nouvelle, la Terre alors ne douterait plus......, la Terre ne sourirait plus de dérision à la pensée mystique de son hyménée avec le Ciel !..... Oui, le Matériel et le Spirituel, l'Industrie et l'Evangile, le Droit et le Devoir : tels sont les deux termes corrélatifs du DUALISME RÉGOLOGIQUE !.... Transposez ces deux termes, placez le noologique avant l'économique, ou encore, supprimez l'un des deux; alors, vous aurez le mot exclusif, le mot fatal d'une civilisation négative, civilisation traditionnellement renouvelée du monde ancien, qui, dans son ignorance classique, s'évertuait à offrir le pain de l'âme avant le pain du corps : comme si le paupérisme ne vivait que de paroles, comme si ventre affamé avait des oreilles !.... C'est peut-être encore et toujours le sentiment des Pangloss, mais non assurément de l'ÂNE SAVANT TENANT ÉCOLE POUR TOUT LE MONDE.

Subjuguez la terre, et remplissez-la, dit l'Ecriture.

Vive l'Evangile, et sa doctrine économique !... vive l'impôt facultatif, le décime universel ! vive le DÉCIMAT, dont l'institution économique doit ouvrir un nouveau monde à l'intelligence humaine !!...

A ÷ Ω

Après l'époque anomienne, la loi naturelle, révélée simplement par la conscience; après la loi naturelle, la loi ancienne, écrite orientalement à la lueur du buisson mystique des deux cornes mosaïques; après la loi ancienne, la loi de grâce, dictée orientalement par les douze langues de feu mystique de l'esprit apostolique du 366ᵉ Eon; et après la loi de grâce, la loi positive, octroyée occidentalement par la disquisition expérimentale de l'esprit moderne. Nous sommes donc entrés dans la pénultième sphère pratique du progrès expérimental depuis l'époque du CODE NAPOLÉON.... Ainsi, la RÉGOLOGIE est devenue la science par excellence de notre époque, et ce mot de Régologie devrait être le nom générique de cet ensemble doctrinal d'appréciations diverses qui constituent ce que nous appelons improprement l'ECONOMISME; car, à un monde nouveau, il faut une science nouvelle.

Mais à propos de ce Nouveau Monde, dont on a tant parlé depuis quelque temps, nous devons tenir aussi, comme tous ceux qui parlent de ce qu'ils ne connaissent point, nous devons tenir aussi à ce que l'on connaisse la couleur de nôtre drapeau..... Or, le nôtre n'en a aucune, et le tapissier-drapelier ne sait s'il doit nous le faire en laine, en lin ou en soie...... En d'autres termes moins rhétoricaux, nous ne sommes ni un mystique ni un socialiste, par la conviction que nous avons que la *Terre Promise* se trouve dans le champ de la raison cultivé naturellement par la conscience; nous ne sommes point non plus de ceux que la science diplômée proclame de son chef *philosophes*....., parce que nous ne comprenons pas que la SAGESSE ait besoin de se former tant de partis divers, tant de sectes et d'écoles jalouses et rivales, comme au bon vieux temps des Grecs et des Romains. Mais si nous ne sommes ni de ceux-ci ni de ceux-là, peut-être professerions-nous volontiers l'ECONOMISME? non; car nous aurions quantité de raisons de nous en abstenir.

D'abord, le mot reçu ECONOMIE, synonyme du mot épargne ou privation, privation insensée du présent sous prétexte de l'avenir, ce mot si usité nous paraît celui d'une bévue classique des plus funestes de l'esprit humain, qui, dans sa fausse prévoyance, se plaît à sacrifier le certain à l'incertain, le connu à l'inconnu, le besoin du jour à celui du lendemain, comme si chaque jour ne suffisait point à sa peine !.. Ce mot économie est le mot par excellence du thésauriseur, qui voudrait ne vivre éternellement que pour pouvoir amasser de monstrueuses réserves aux dépens de la circulation et de la consommation ; c'est le mot de prédilection de l'avare, qui vit follement de privations, qui abrége volontairement ses jours à force d'enfouir des trésors improductifs ; c'est le nom classique d'une *vertu de convention*, dont le mérite honorant et honorable consiste à aller précisément en sens inverse du but final de la vie humaine, à méconnaître la nature de l'homme, à mépriser la parole de Dieu, qui, pour le droit d'actualité des besoins quotidiens de la vie positive, nous ordonne comme un devoir bien naturel de ne point nous inquiéter du lendemain.......... Aussi, rendons-nous les mots *Caisse d'épargne* par ceux de *Caisse d'inquiétude*..... Amassez, cher travailleur, amassez et toujours amassez dans votre jeunesse ; car personne dans votre vieillesse ne vous soutiendra, pas même vos enfants, à moins que le tribunal ne les contraigne par une pension alimentaire..,.... Et le travailleur de s'exténuer, de se tuer le corps et l'âme, de sacrifier le printemps à l'hiver de sa vie ; heureux encore quand il parvient à saisir un léger rayon d'or pour tempérer l'âpreté de l'outrage des ans. Certes, il ne faut point un grand effort de génie pratique pour imaginer cette morale matérielle à l'usage de la vie égoïste des fourmis ; et c'est pourtant là toute la morale du temps.... Il est vrai que, comme fiche de consolation, on nous donne la promesse d'un bonheur inconnu dans ce monde inconnu, dont tout le monde parle comme de la chose la plus connue : *Souffrez en bas, vous jouirez en haut :* c'est moi qui vous le certifie, moi ou un autre, peu importe. L'épargne ou la privation du moment, comme la guerre, est donc un mal nécessaire dans un monde étranger à la solidarité humaine ; mais là où ne règne point la solidarité, là règne l'immoralité. Après cela, étonnez-vous donc de l'impuissance des tribunaux, des prisons, des bagnes et de l'échafaud, étonnez-vous de leur impuissance matérielle à contenir le progrès croissant de nôtre *morale conventionnelle !*.... Vous déclamez à votre aise, vous déclamez à satiété contre le résultat fatal de cette morale pratique, contre les appétits matériels, contre l'agiotage, la spéculation bursale, contre la duperie commerciale, la frelatation, la sophistication empoisonnante des substances alimentaires, etc., etc.....: mais à quoi bon ces vaines déclamations tant prosaïques que poétiques, si vous n'indiquez le moyen de prévenir ces abus criminels, si vous ne savez enseigner la pratique divine de la sainte solidarité humaine! à quoi bon découvrir, ouvrir et sonder une plaie hideuse et mortelle, si vous ignorez le remède vraiment efficace!... Vous ne faites qu'aigrir davantage les esprits au lieu de les calmer ; et mieux vaudrait vous taire, au risque de ne point déterminer l'exemple probable d'une conversion exceptionnelle, qui n'aurait que faire d'attendre votre venue si bon lui semblait de s'impulser dans le silence naturel de sa propre conscience, autrement dit sans ostentation, sans grosse caisse ni trompette d'une renommée prévue...... La réclame, oh! la réclame, que ne ferait-on pour elle ?...

Nous avons dit que nous rendions les mots caisse d'épargne par ceux de *Caisse d'inquiétude ;* or, l'inquiétude ne fut jamais vertueuse. Demandez-nous donc des vertus naturelles et non des vertus conventionnelles ; prêchez-nous l'épargne, l'économie, la privation prévoyante, mais enseignez-nous préalablement que la meilleure économie est une DÉPENSE UTILE, qu'un rentier à cent mille francs de revenu est dix-neuf fois moins utile à la société que vingt rentiers à cinq mille francs ; professez les principes chrématonomiques en même temps que vos erreurs traditionnelles, pourvu que vous nous mettiez à même de discerner ; respectez, si bon vous semble, les préjugés scientifiques, mais dites-nous comment ils nuisent à la vulgarisation des axiomes de la science naturelle, de la science expérimentale qui tire le fonds de sa doctrine de la nature même des faits généraux. Aussi bien, quand, par hasard, fantaisie nous prend d'assister curieusement à vos cours publics de science diplômée, nous n'en sortons jamais qu'avec le triste sentiment d'une intuition surprise, d'une conviction naturelle péniblement ébranlée, d'un jugement faussé par des contre-vérités reçues, d'un esprit vague et en proie au doute, d'un esprit perplexe et confondu à l'audition de sophismes débités avec assurance sous l'air de grandes vérités découvertes par de grands classiques ; et votre science, dépourvue de tout esprit d'examen ou de critique, votre science, en nous désapprenant artificiellement ce que nous savions naturellement, votre cours scientifique nous fait l'effet d'un enseignement scolaire qui pousse fatalement à la négation sous l'apparence du contraire.

Voilà donc pourquoi nous ne professons point non plus l'ECONOMISME ; mais nous souhaitons de toute la force psychologique du papillon de notre *sensorium* (1), nous souhaitons ardemment que cette espèce de science bâtarde fasse peau

---

(1) Messieurs les Grecs, dont on nous vante la haute et très-haute science, vous eûtes une idée basse et très-basse de nôtre AME, quand vous lui donnâtes pour origine matérielle la chrysalide d'une chenille.....; il est vrai que la chenille se transforme en une piquante brunette aux ailes veloutées et légères, au regard animé, aux yeux vifs, chatoyants et miroitants, dans le feu érotique desquels notre volage *sensorillon* se brûle et se consume en s'y mirant et admirant voluptueusement avec ses deux cornes pomponnées.. .. Mais vous n'avez point, messieurs les Grecs, vous n'avez point à vous enorgueillir du mérite classique de cette définition psychologique brevetée ou diplômée ; car nous voyons que le papillon était une espèce d'hiéroglyphe dans l'Ecriture par images des anciens Egyptiens, qui écrivaient ainsi le mot *Ame*, à l'idée de laquelle est resté le nom de sa représentation matérielle. Nous accepterions plus volontiers sa définition par les Latins, qui, ainsi que nous, l'appellent *Anima*, autrement dit souffle, ou respiration, parce que la respiration est le signe propre de l'animation ou de la vie, et que l'âme, qui n'est autre que la vie, est censée subsister dans le corps tant qu'il respire ; mais en vérité est-il naturellement besoin de tant de termes divers, obscurs et logomachiques pour exprimer *une seule idée*, est-il besoin de tous ces synonymes psychologiques : AME, MANES, ANIMATION, RESPIRATION, SOUFFLE, VIE, ESPRIT, SENSORIUM, PAPILLON, SENSORILLON, etc., etc.?.... Il faut n'avoir pas d'*âme* pour la connaître si peu. Si vous eussiez fait usage de l'allumette chimique, messieurs les Grecs et les Latins, vous auriez eu une idée plus lumineuse de l'ÉLECTRICITÉ sous l'influence vivifique de la loi du mouvement au sein du néant.....; mais vos charmants enfants savaient fort bien se passer d'allumettes à la congrève et fumer sans tabac pour ne point se dessécher la poitrine..... Aussi furent-ils autrement robustes que nos avortons de marmots, ces papillons désailés de la science classique, qui traînent, rampent, de pipes en pipes, de blagues en blagues, de chopes en chopes, et de trottoirs en trottoirs jusqu'à l'âge voulu pour ce fameux diplôme de capacité artificielle, qui doit ensuite les poser dans le monde comme des esprits réputés plus élevés, plus sensés, plus naturels que le commun des hommes déshérité du parchemin scientifique...

neuve de légitimation au moyen d'une doctrine naturelle, au lieu de ses réminiscences classiques, et d'une définition explicite, au lieu de son antique dénomination préconçue d'abord et faussée ensuite par des épithètes extensives ; en un mot, au moyen de sa transformation complète en SCIENCE EXPÉRIMENTALE A MÉTHODE ANALYTIQUE....; mieux vaudrait alors constituer le corps de doctrine de la science positive de notre époque : ce qui serait l'œuvre au moins de deux aristarques de moyenne force. Ainsi, c'est dit et convenu, point ne sommes *mystico-démo-so-filosofo-économisto-publiciste* émérite ni diplômé. Mais par les dieux de l'intelligence terrestre, que sommes-nous donc?..... Ah ! oui..., car en ce monde on est toujours quelque chose ; eh bien ! connaissez-vous vous-même, et dites-nous si vous êtes des nôtres, de ceux à qui la barbe pousse avant la raison et qui aiment la science comme Boileau aimait la vertu....... Ce qui ne veut dire le moins du monde que nous préférons l'école du Grand Nicole à la cuisine bourgeoise de M'mzelle Nicole, cette bonne et naïve servante de M. Jourdain qui vous enseigne la science naturelle aussi gaiement que l'art culinaire de tuer et de préparer le canard.....

Vivent donc et la Science Naturelle et le Canard et M'mzelle Nicole !... Vive aussi la Cosmoglosse !....; et à bas la confusion babélique !.... Vivats et Noëls ! gloire et honneur ! gloire éternelle au DÉCIMAT D'AGÉNORIE !!.. Place !..., place au DUALISME RÉGOLOGIQUE, place aux deux fiancés du Progrès Universel, INDUSTRIE et ÉVANGILE...., place, place pour eux sur la terre comme au ciel ! Et que leur règne béni de Dieu et sanctifié par l'amour des hommes, que leur règne long et prospère ici-bas fasse du roi de la création un sujet digne d'en haut !.... *Amen.*

TRIPLE CONCLUSION PRATIQUE.

« Concluez, s'il vous plaît, concluez.

. . . .

Mais concluez, je vous en prie, monsieur Cuvier.

(NAPOLÉON Ier. — *Intime dissertation sur la betterave avec un illustre savant officiel.*)

1° Fondation de cet organe de publicité spéciale :

LE DÉCIMAT

JOURNAL DE L'IMPOT FACULTATIF.

Et formation spontanément officieuse d'un Comité d'initiative expérimentale du DÉCIMAT INDUSTRIEL sous les auspices de l'autorité administrative.

2° Election solennelle d'un AUTONOMARQUE, Souverain-Conservateur de l'autonomie industrielle, Promoteur-Suprême du Conseil de Parère, Proctor-Général du Nome-Central au Palais de Cristal de France, Président-Né du Décimatère, Prince-Délégué de l'Institut Industriel de la Commune Européenne, Grand-Cordon de l'ordre divin du Génie universel, Roi-Elu du Festival national de l'Exposition triennale au Temple d'Agénorie.

3° Cosmocratisation économique en vue du *But Final* de l'activité humaine, but qui sera connu le jour où la SCIENCE, une fois établie dans son vrai milieu, démontrera par A + B que l'homme est ici-bas pour JOUIR et non pour SOUFFRIR....... Soit dit au risque de passer pour n'importe quoi aux yeux de certains *sages* qui ne manquent jamais de taxer d'impiété toute conviction naturelle complétement contraire à leur opinion reçue. Au reste, en fait de conviction, il est plus méritoire d'en soutenir une *consolante* qu'une *désolante ;* et là où est le méritoire, là est la vraie sagesse........

Avis aux sages de profession qui voient la Folie partout........... excepté chez eux.

ORNAN JARED.

Plus de 300 lunettes et télescopes, rien qu'à Paris, sont braqués toutes les nuits sur le firmament pour découvrir la si désirée comète de Charles-Quint.

BONNE NOUVELLE.

Une bienfaisante comète fort brillante apparaît le soir dans l'ouest, écrit-on de Cherbourg; elle n'a pas d'appendice caudal, mais elle semble avoir une chevelure.

Ainsi, il est dit comme il est écrit, la lumière sera jusqu'au 13...; et la terre se voilera de deuil durant 60 heures...: Hé ! quelles heures..... Donc, laissons passer les ténèbres ; alors nous renaîtrons d'une autre nature à la lumière d'un autre monde, où nous réfuterons la critique dans une seconde édition *spéciale*, si critique il y a de la part de l'Académie, ce dont nous doutons comme d'un événement imprévu ; car point droit n'avons à briguer tout pantois un tel honneur d'une telle compagnie, aussi honnête que savante, comme sait chacun..... Tant il est qu'il n'est que la science officielle pour nous rendre meilleurs !.....

NÉBUSÇAZBAN.

SAINT DENIS. — TYPOGRAPHIE DE DROUARD.